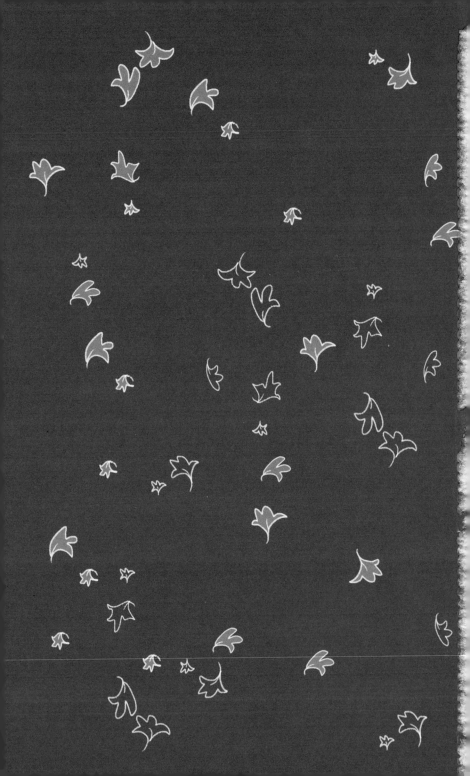

ALICE OSEMAN

ESTE INVERNO

Uma novela de Heartstopper

Tradução:
GUILHERME MIRANDA

O selo jovem da Companhia das Letras

AVISO DE CONTEÚDO: ANSIEDADE, ANOREXIA E AUTOMUTILAÇÃO.

Copyright © 2020 by Alice Oseman
Traduzido sob licença de HarperCollins Publishers Ltd.
Originalmente publicado em língua inglesa, no Reino Unido, pela HarperCollins Children's Books, uma divisão da HarperCollins Publishers Ltd.
O direito moral da autora desta obra foi assegurado.

O selo Seguinte pertence à Editora Schwarcz S.A.

Grafia atualizada segundo o Acordo Ortográfico da Língua Portuguesa de 1990, que entrou em vigor no Brasil em 2009.

A citação original utilizada nesta edição foi retirada de *Orgulho e preconceito*, Jane Austen (Trad. Alexandre Barbosa de Souza. São Paulo: Penguin-Companhia, 2011).

Título original: THIS WINTER

Ilustração de capa: ALICE OSEMAN

Design de capa: MAITHILI JOSHI

Preparação: HELENA MAYRINK

Revisão: RENATA LOPES DEL NERO e FERNANDA FRANÇA

Composição e tratamento de imagem: M GALLEGO • STUDIO DE ARTES GRÁFICAS

Dados Internacionais de Catalogação na Publicação (CIP)
(Câmara Brasileira do Livro, SP, Brasil)

Oseman, Alice
  Este inverno : Uma novela de Heartstopper / Alice Oseman ; tradução Guilherme Miranda. — 1ª ed. — São Paulo : Seguinte, 2023.

  Título original: This Winter.
  ISBN 978-85-5534-239-4

  1. Ficção juvenil I. Título.

22-140255   CDD-028.5

Índice para catálogo sistemático:
1. Ficção : Literatura juvenil 028.5
Aline Graziele Benitez — Bibliotecária — CRB—1/3129

Todos os direitos desta edição reservados à
EDITORA SCHWARCZ S.A.
Rua Bandeira Paulista, 702, cj. 32
04532-002 — São Paulo — SP — Brasil
Telefone: (11) 3707-3500
www.seguinte.com.br
contato@seguinte.com.br

Siga a Seguinte
seguinte.com.br

Ouça o podcast
anchor.fm/estacaoseguinte

Sumário

Victoria Annabel Spring, dezesseis anos .. 7

Charlie Francis Spring, quinze anos ... 45

Oliver Jonathan Spring, sete anos 91

— Aqui fica evidente — acrescentou Jane — que ele não volta mais no inverno.

Orgulho e preconceito, Jane Austen

Tori

Acordo duas horas depois de pegar no sono. Sinto que durmo menos a cada véspera de Natal, provavelmente porque meu horário médio de ir para a cama tem ficado cada vez mais tarde por conta do meu vício bem preocupante em internet. Talvez, daqui a um tempo, eu simplesmente pare de dormir e me torne uma vampira. Eu seria boa nisso.

Mas não vou começar a reclamar sobre meu padrão de sono agora, porque é Natal e esse é o único dia do ano em que eu deveria pelo menos tentar não reclamar de nada. Mas isso é difícil quando seu irmão de sete anos está batendo um travesseiro na sua cara às seis da manhã.

Digo algo como "Nããão" e me escondo embaixo do edredom, mas isso não impede Oliver de continuar puxando a coberta e subir na cama.

— *Tori* — sussurra ele. — É *Natal*.

— Uhum.

— Você está acordada?

— Não.

— Está sim!

— Não.

— *Tori*.

— Oliver... vai acordar o Charlie.

— A mamãe disse que eu não podia. — Ele começa a bagunçar meu cabelo. — Toriiiiiiii...

— Argh.

Viro e abro os olhos. Oliver está completamente embaixo das cobertas, olhando para mim, se contorcendo de euforia, o cabelo espetado como um dente-de-leão. Eu e Charlie já conversamos bastante sobre como é possível que Oliver seja nosso parente, sendo que ele é literalmente a encarnação da alegria enquanto nós dois vivemos

deprimidos. Concluímos que ele deve ter herdado todos os genes de felicidade.

Oliver está segurando um cartão de Natal.

— Por que você está com um...

Ele abre o cartão e uma versão insuportavelmente animada de uma música de Natal começa a tocar no meu ouvido.

Resmungo e empurro Oliver para fora da cama. Ele vai para o chão e ri sem parar.

— Que peste — murmuro, antes de sentar e ligar o abajur.

Oliver solta um "EBA!" agudo e começa a dar voltas pelo meu quarto, abrindo e fechando o cartão de forma que as duas primeiras notas ficam se repetindo várias e várias vezes.

O Natal até que é tranquilo aqui em casa. É de boa. Papai chama de Natal da Primavera, brincando com o significado do nosso sobrenome, o que ele acha engraçadíssimo. Abrimos presentes assim que acordamos, depois a família vem para a ceia e fica até tarde, e é isso. Jogo videogame com meus irmãos e primos, meu pai sempre fica bêbado, meu avô espanhol (pai do meu pai) discute com meu avô inglês (pai da minha mãe) — umas coisas maravilhosas.

Mas o Natal deste ano não é exatamente normal.

Meu irmão de quinze anos, Charlie, tem um transtorno alimentar. Anorexia. Ele tem isso faz muito tempo, mas se agravou nos últimos meses, e o estresse fez com que ele tivesse uma recaída e voltasse a se automutilar em outubro. Charlie passou algumas semanas em um hospital psiquiátrico que cuida especificamente de adolescentes com transtornos alimentares, e ajudou muito, mas ainda é difícil. Óbvio.

Acho que não tem nenhum motivo em particular para ele ter ficado tão mal. Coisas assim simplesmente acontecem, como doenças, câncer. Então não é culpa dele. Na verdade, acho que deve ter sido culpa minha isso ter piorado tanto. Quando notei que havia alguma coisa *estranha* com ele, não contei para os nossos pais nem perguntei para ele qual era o problema. Não conversei o suficiente com ele. Não fiz o suficiente.

Mas o que importa não é como eu me sinto. E meus pais também não são o ponto. Natal é um período difícil para pessoas com transtornos alimentares porque a comida é uma parte muito importante do dia, e sei que Charlie está ansioso com isso. Ele passou a semana toda estressado, discutindo quase todo dia com a mamãe e se trancando no quarto.

Então o importante hoje é apoiar o Charlie.

Pego o celular, ignoro as notificações e mando mensagem para Becky, minha melhor amiga.

> **Tori Spring**
> (6:16) *FELIZ NATAL. Agradeça que você não tem irmãos. Estou cansada. Oliver jogou um travesseiro na minha cara. Aproveita seu sono. Tchau. Beijooooos*

Meus pais falaram que não podemos acordá-los antes das 7h30, e são 6h17 agora. Levanto e abro as cortinas, o mundo lá fora ainda está escuro, tingido de amarelo pela luz dos postes. Volto para a cama e ligo o rádio. Está tocando um cântico, para variar, em vez de "All I Want for Christmas Is You". É bom. Oliver está girando na cadeira da escrivaninha e um coro canta "Noite feliz", meus olhos estão se fechando de novo, e agora Oliver está sentado na cama comigo, o cartão musical em cima de uma pilha de roupas no chão, são 6h29, 6h42, 6h55... Ele puxa meu cabelo de leve, falando sobre todos os presentes que quer ganhar e se perguntando se o Papai Noel comeu os biscoitos que ele deixou, e estou murmurando alguma coisa, não sei o quê, estou pegando no sono...

Então a porta do meu quarto se abre de novo.

— ... Victoria?

Acordo pela décima vez. É Charlie, quase invisível sob a luz fraca no batente, com uma blusa de moletom azul-marinho da Adidas e calça de pijama xadrez. Ele parece cansado, mas está sorrindo.

— Está acordada?

— Não — respondo. — Estou tendo uma experiência extracorpórea. Sou só meu espírito.

Charlie ri e entra no meu quarto. Me viro para o Oliver, que cochilou no meu ombro, e dou uma leve cutucada nele com o cotovelo. Ele acorda na hora e vê Charlie.

— CHARLIE ESTÁ AQUI! — grita.

Ele se joga da cama na direção de Charlie, pulando nas pernas dele e quase o derrubando. Charlie ri e pega Oliver no colo como se fosse um bebê, algo que faz pelo menos uma vez ao dia, fazendo-o dar risadinhas.

— Uau, você está bem acordado, hein?

— A gente já pode descer?

Charlie leva Oliver de volta para a cama.

— Não, a mamãe falou sete e meia.

— *Arrghhhh*.

Oliver se contorce nos braços de Charlie e desce para perto de mim, aconchegando-se imediatamente embaixo das cobertas. Charlie senta perto dele, encostado na cabeceira.

— Hunf. Irmãos mais novos são um saco — digo, mas também estou meio que sorrindo. Me enrosco embaixo do edredom. — Vocês não podiam ficar nas camas de vocês?

— Só estamos fazendo nosso trabalho. — Charlie sorri. — Aí, por que essa música de igreja?

— Acho que não consigo lidar com Mariah Carey a essa hora da manhã.

Charlie ri.

— Eu também não — diz.

O cabelo dele está espetado na testa, assim como o de Oliver. Noto suas olheiras roxas, e a verdade é que nem lembro mais como seu rosto era sem elas. Tirando isso, ele parece quase de volta ao normal, com seu jeito gentil e braços e pernas compridos.

— Só dormi umas duas horas — comento.

— Idem — responde ele, mas acho que sua falta de sono pode ser por motivos diferentes dos meus.

— Quantos presentes o Papai Noel dá quando você tem sete anos? — pergunta Oliver, que agora está em pé na cama e pisoteia o edredom.

Eu e Charlie rimos.

— Sete — diz Charlie, decidido. — O mesmo número de anos que você tem de idade.

— Então… quando eu tiver oitenta, vou ganhar oitenta presentes?

Charlie cutuca Oliver no peito e ele cai com um sorriso largo.

— Só se você se comportar!

— Mal posso esperar pra ter oitenta anos — solta Oliver.

— Eu também — replica Charlie.

É bom estarmos todos juntos de novo. Era estranho só eu e Oliver e a mamãe e o papai. Oliver ainda é novo demais para conversar direito, e não odeio meus pais nem nada, mas também não me sinto muito próxima deles. Minha mãe tem o hábito de evitar falar sobre qualquer coisa ligeiramente profunda ou emocional. Meu pai é igual, mas ele compensa falando sobre livros o tempo todo. Nós todos nos damos bem, mas tenho a impressão de que nunca conversamos sobre nada importante.

Eles ainda não gostam de falar abertamente sobre o transtorno alimentar do Charlie, mesmo que agora ele esteja até se tratando. Pensei que as coisas pudessem mudar, que poderíamos começar a ser mais abertos sobre sentimentos e tal.

Mas não.

— Você consegue se imaginar como um *homem muito velho?* — pergunta Charlie, fazendo uma voz de velho, e Oliver ri, subindo para se juntar a nós na cabeceira. O sorriso de Charlie é contagiante.

Eles começam a brincar de adivinhações. Hoje vai ser um dia difícil para todos, mas acho que todo mundo tem dias difíceis. Antigamente, eu pensava que difícil era melhor do que entediante, mas hoje sei que não. Já houve muitos dias difíceis nos últimos meses. Já houve dias difíceis demais.

— Feliz Natal — diz Charlie, de repente.

Ele se inclina por cima do Oliver e encosta a cabeça na minha. Me aproximo um pouco também, com a cabeça no ombro dele. O rádio toca. Acho que o sol está nascendo, ou talvez sejam só as luzes da rua. Não vou ficar pensando nos últimos meses, em mim e Charlie, em toda a tristeza. Vou bloquear isso tudo. Só por hoje.

— Feliz Natal — digo.

Tento não pegar no sono de novo, mas acaba acontecendo, a gargalhada de Oliver ecoando em meus ouvidos.

*

São dez para meio-dia, e eu e Charlie ainda estamos de pijama, sentados no sofá jogando a nova edição de Mario Kart. Foi um presente para o Oliver, mas ele está ocupado com a enorme quantidade de tratores de brinquedo que deram para ele.

Meus pais me deram um notebook e para Charlie, um celular — coisas que nós dois pedimos. Eles não são muito de presentes "surpresa". E, embora eu e Charlie nunca tenhamos nos esforçado com presentes antes, neste ano comprei uma caixinha de som Bluetooth para o quarto dele, e ele me deu uma capa de notebook da Wandinha Addams. Acho que nós nos conhecemos melhor do que pensávamos.

— É impressão minha ou essa versão é muito mais difícil do que a antiga? — pergunto para Charlie.

Ele tenta fazer o Baby Mario virar em uma curva, mas acaba caindo de um penhasco.

— É, sim. Eu era *bom* nisso antes.

Faço o Bowser bater de cara numa árvore e fico em último lugar.

— Você acha que a gente devia tentar a Rainbow Road?

— Não sei. Acho que minha autoestima não aguenta o golpe.

— Uau.

Ele ri.

— Pesado demais?

Sorrio.

— Talvez.

— Crianças? — chama mamãe.

Ela entra na sala. Está com seu vestido de Natal

— roxo, bem bonito até — e o cabelo encaracolado. Mamãe sempre faz a gente se vestir bem para o Natal, como se fôssemos fazer alguma coisa além de ficar largados no sofá por doze horas. Ela ergue as sobrancelhas para nós.

— Vocês vão se vestir logo?

Charlie não fala nada, então digo:

— Sim, só um minuto.

— Não demorem muito. Todo mundo vai chegar em meia hora.

— Ok, só vamos terminar essa fase.

Mamãe sai. Olho para Charlie, mas ele não tirou os olhos da tela. Acho que eles ainda não brigaram hoje, mas consigo sentir uma discussão surgindo. E não vou mentir: minha mãe está me enchendo um pouco. Ela anda muito ácida com Charlie desde que ele voltou para casa, o que não é bom para ninguém. Se ela simplesmente falasse com Charlie com jeitinho — tipo, se tivesse perguntado como está se sentindo hoje —, talvez meu irmão não achasse tão ruim se abrir com ela.

— Está se sentindo bem sobre hoje? — pergunto.

Não quero falar do jantar de Natal. Charlie e nosso pai fizeram um plano de refeições para que ele se sentisse preparado, mas li na internet que conversar sobre comida o tempo todo só piora as coisas.

— Estou — diz ele.

Acho que talvez seja melhor não entrarmos no assunto.

Chegamos ao fim da fase, então digo:

— A gente tem que tentar a Rainbow Road antes de se trocar.

— Sério? Você acha que dá conta de tanto fracasso?

— Nunca se sabe. Vai que eu sou boa.

Charlie ri da minha cara.

— É o que vamos ver.

*

Acabo usando a única saia que tenho, cinza, com uma camisa de gola e um suéter. Considerando que sou a pessoa menos sociável que já pisou na face da terra, quase nunca me arrumo direito, então aproveito a oportunidade para pentear o cabelo — provavelmente a primeira vez que faço isso nas férias todas. Dez pontos para mim.

Nossos parentes começam a chegar, e eu e Charlie somos obrigados a cumprimentar todo mundo, o que envolve mais abraços do que eu gostaria. Primeiro chegam a vovó e o vovô, com o vovô reclamando alguma coisa do carro, e vovó com cara de quem pede desculpas. Depois chegam nossos avós espanhóis, que vieram de Mojácar na semana passada para se hospedar com a família do tio Ant, e Charlie tem uma conversa estranha em espanhol com nosso *abuelo* enquanto vovó engata em um longo drama sobre como cortei demais o meu cabelo no verão.

O irmão do meu pai e a família dele chegam juntos — tio Ant e tia Jules, e nossas três primas: Clara, que tem vinte anos e estuda veterinária; Esther, da minha idade; e Rosanna, uma menina de doze anos que parece não parar de falar nunca. Então recebemos a irmã da minha mãe, tia Wendy, várias outras pessoas mais velhas cujo grau de parentesco desconheço, a irmã do meu pai, Sofia, o marido dela, Omar, e o bebezinho recém-nascido deles — a casa fica bem cheia. Com sorte, daqui a pouco vou poder sair de fininho para descansar no meu quarto.

Não vemos nossas primas mais do que algumas vezes ao ano, mas ficou claro nos últimos encontros que elas são muito diferentes de mim e do Charlie. Principalmente porque parecem decididas a ser simpáticas e divertidas o tempo todo.

— Charlie, meu bem — diz Clara do outro lado da mesa das crianças no meio do jantar de Natal. Clara fica excelente em tudo o que veste e teve permissão de vir para o Natal de calça jeans, o que me irrita bastante. Ela aponta o garfo para Charlie, que está à minha esquerda. — Você precisa contar tudo pra gente sobre seu namorado novo.

Esther se empertiga ao ouvir isso, olhando fixamente para Charlie por trás dos óculos. Ela não costuma falar tanto com a gente quanto Clara e Rosanna, mas, pelo que notei do Twitter dela, existe a possibilidade de que não seja hétero e, por isso, está sempre interessada na vida amorosa de Charlie, já que ele é a única pessoa abertamente gay da família.

Charlie se ajeita na cadeira. Está usando uma calça jeans preta e continua com a blusa de moletom azul-marinho da Adidas, que de repente me dou conta de que é do Nick. Acho que ele escolheu a roupa de propósito para irritar a mamãe.

Clara enfia uma garfada de batatas na boca com um ar decidido.

— Como ele chama?

— Nick — responde Charlie.

Há certa hesitação na voz dele. Provavelmente não estava esperando ter que lidar com um interrogatório, além dos seus outros problemas com o jantar.

— Há quanto tempo vocês estão saindo?

— Er... oito meses.

— Ah! Não é exatamente novo, então. — Clara ri. Charlie puxa as mangas da blusa.

— Haha... não...

Clara visivelmente não nota que está deixando Charlie sem jeito. Ele lança uns olhares para onde a vovó e o vovô estão comendo, para confirmar que não conseguem ouvir nada que está sendo dito na nossa mesa. Charlie não quer sair do armário para os nossos avós ainda porque achamos que eles talvez sejam um pouco homofóbicos. Muitas pessoas velhas são, infelizmente.

— E vocês se conheceram na escola, não foi?

Queria que Clara calasse a boca logo. Nada disso é da conta dela, porra.

— Sim. — Charlie força uma risada. — O tio Ant contou isso tudo pra vocês ou...?

— Ah, nossa, sim, você sabe como ele é.

Esther observa Charlie com cuidado. Rosanna está tentando trançar o cabelo do Oliver, para a irritação dele.

Clara continua:

— Você *super* deveria levar o Nick lá em casa amanhã.

Esther a encara e sorri.

— Ah, meu Deus, sim.

Vamos à casa delas todo ano no dia seguinte ao Natal, e namorados e namoradas são sempre bem-vindos, mas eu e Charlie nunca tivemos ninguém para levar antes, já que ele só começou a namorar o Nick em abril e eu não gosto da maioria das pessoas.

Charlie sorri, constrangido.

— Acho que ele tem alguma coisa com a família dele amanhã.

Clara faz biquinho.

— Ah, que pena. — E então seu olhar penetrante se volta para mim. — E você, Tori? Algum homem bonito na sua vida?

Contenho o impulso de rir histericamente.

— Hum. Não. Haha. Não.

Clara ri por mim.

— Nossa, você não está perdendo muita coisa, juro. Meninos héteros são péssimos. — Ela aponta o garfo para Oliver. — Vamos torcer para que este aqui se saia melhor.

— Ele pode não ser hétero — finalmente intervém Esther.

Sua voz é estranhamente parecida com a da irmã mais velha, mas acho que gosto mais de Esther do que de Clara. Tivemos algumas conversas boas sobre *Doctor Who*.

— Tem toda a razão — diz Clara, se apoiando em uma das mãos e olhando para Oliver como se ele fosse um recém-nascido. — Charlie, quando você soube que era gay?

A perspectiva de embarcar nessa conversa faz Charlie arregalar os olhos, mas, felizmente, nosso pai surge neste momento, ainda de avental por cima da camisa e do colete, e com uma coroa de Natal quase caindo da cabeça.

— Como está tudo por aqui? — Ele olha especificamente para Charlie e dá um tapinha no ombro dele. — Todo mundo bem?

Pela primeira vez, dou uma olhada no prato de

Charlie. Ele parece ter comido um pouco, o que é um ótimo sinal, considerando que não gostava muito de carne assada nem antes do transtorno alimentar. Mas, embora seja bom que o papai esteja conferindo se está tudo bem, ele também está chamando a atenção de todo mundo para o Charlie, o que é basicamente a última coisa que ele quer.

— Estamos bem — digo rápido.

Meu pai me encara e assente de leve.

— Belezinha. Me avisem se precisarem de alguma coisa.

Ele volta para a mesa dele, e Charlie vira para mim e diz baixo:

— Ele é tão sem-noção às vezes.

Não quero falar, mas mesmo assim solto:

— Acho que ele só está preocupado.

Charlie revira os olhos.

— Será que não posso só ter um dia normal e... — Mas sua voz se perde e ele volta a olhar fixamente para o prato.

Ele não fala muito mais durante o jantar, o que significa que tenho que aturar uma sessão horrível de perguntas e respostas de Rosanna sobre todos os meus amigos da escola, e então Esther quer uma atualização sobre quais séries estou assistindo, e aí Clara começa com todo o lance de "O que você está pensando em fazer na faculdade", ao que respondo apenas: "Não estou".

Charlie fica tirando o celular do bolso e mandando mensagens por baixo da mesa, o que meio que me irrita, mas não quero encher o saco dele, como todo o resto da família já está fazendo.

Consigo fugir do trio de primas depois de comer e vou para o sofá ter um pouco de paz, então olho o celular.

Becky Allen
(11:07) *Kkkkkkk que bom que sou filha única*

(11:09) *FELIZ NATAL SUA INSONE*

(11:10) *Te amo bjooooooo*

(12:22) *Meu pai me deu o Call of Duty novo. Vejo você na próxima vida bj*

(14:01) *Minha mãe já está muito bêbada. Sua família pode me adotar?*

(14:54) *MINHA MÃE ESTÁ DANÇANDO EM CIMA DA CADEIRA*

(14:59) *#SalvemBecky*

— Como está se sentindo, aliás, Charlie?

A voz do tio Ant tira minha atenção do celular. Tio Ant é muito parecido com Clara — gosta de fofocar, gosta de falar sobre coisas profundas, é muito irritante no geral. Ele está sentado em uma poltrona do outro lado da sala, de frente para Charlie, que está perto de mim no sofá.

— Er... — Charlie arregala os olhos enquanto pensa em algo para dizer. — Tudo bem, obrigado.

— Que bom que você pôde voltar para o Natal. Não consigo imaginar como deve ser o Natal em um lugar como aquele.

Uma tensão notável se instaura ao nosso redor.

Felizmente, nossos avós estão todos tendo uma conversa à parte no outro sofá, e meus pais não estão na sala, mas o tio Ant e a tia Jules, nossas primas e diversos parentes agora estão com toda a atenção voltada para o Charlie. Ele fecha as mãos em punhos.

— Bom, decoraram o lugar todo para o Natal — diz ele. — Isso ajudou bastante.

Odeio como as pessoas reagem quando descobrem que Charlie passou algumas semanas internado. Como se fosse a coisa mais horrível que já ouviram. É porque elas associam automaticamente a *manicômio* e *gente louca* em vez de *tratamento* e *recuperação* e *aprender a lidar com um transtorno alimentar*.

Não me entenda mal — li na internet que hospitais psiquiátricos nem *sempre* são lugares ótimos, se tiverem funcionários bosta ou não tiverem verbas, por exemplo. Mas o hospital a que Charlie foi fez mais do que eu e meus pais jamais conseguiríamos. Ele tinha toda uma equipe de especialistas para ajudá-lo a entender o que estava sentindo e a dar os primeiros passos para a recuperação, sem a distração e a pressão da escola.

Para ser sincera, ir para lá pode ter salvado a vida do Charlie.

Infelizmente, quando tento pensar em como dizer isso tudo ao tio Ant, ele continua a falar bosta.

— Ah, sim — continua tio Ant. — Mas a gente ouve algumas histórias de terror, né? Paredes brancas e camisas de força e tal.

Tia Jules ri e dá um tapinha de brincadeira no tio Ant.

— Ah, para com isso, Antonio, nenhum hospício é assim de verdade.

— Hospital psiquiátrico — eu a corrijo.

Ela pigarreia.

— Sim. — Nossa tia abre um grande sorriso para o Charlie. — Estamos *todos* muito felizes que o Charlie esteja melhor e de volta com a gente, não é?

— Com certeza — afirma tio Ant.

Essa é outra coisa que eles não entendem. Eles acham que transtornos alimentares e doenças mentais podem ser simplesmente resolvidos em um piscar de olhos. Não entendem que é um processo. Que é preciso tempo e tratamento e esforço e dias bons e ruins.

— Obrigado — diz Charlie, mas a cara dele é de quem está prestes a vomitar.

— E como você está, Tori? — pergunta tia Jules. — Como vai a escola?

Começo a recitar a resposta clássica a essa pergunta ("Está tudo bem/ Está bem mais difícil do que nos outros anos/ É bom não ter mais educação física") e, enquanto faço isso, Charlie levanta e sai da sala. Peço licença e o sigo na primeira oportunidade que tenho, tentando não odiar Ant e Jules tanto quanto odeio. Fico perplexa que as pessoas digam esse tipo de asneira. Que as pessoas simplesmente não tenham ideia das coisas.

Atravesso o corredor e estou prestes a entrar na cozinha, mas paro quando vejo Charlie e minha mãe lá dentro, um de frente para o outro, como se estivessem em um combate.

— Quer que a gente fale sobre o assunto ou não? Você está sendo muito imaturo, Charlie.

— Por que estou sendo imaturo?

— Você está agindo igual a um bebê que quer a atenção de todo mundo o tempo todo.

— Não quero a mer... a atenção de ninguém... esse é o *problema*.

Mamãe arranca as luvas de lavar louça.

— Olha, todo mundo sabe que esse é um Natal *difícil* para você, mas você poderia pelo menos reconhecer que estamos *dando nosso melhor.*

— *Dando o melhor?* O que vocês querem, uma porra de um certificado de parabéns?

— *Sem palavrão.*

— Metade do tempo você se recusa a admitir que tenho a porra de uma doença mental e, na outra metade, se esforça ao máximo para me fazer sentir como se eu fosse a última pessoa que queria como filho!

E é então que nossa mãe estoura.

— *SAI DAQUI!* — Ela aponta para a porta da cozinha. — Só... *sai.*

Charlie não diz nada. Ele vira, sai da cozinha e me encontra ali. Nossa mãe desaparece, e Charlie fica parado, olhando para mim.

— Vou pra casa do Nick — anuncia ele, tentando fazer uma voz calma.

— Ah — solto.

Ele vira e começa a calçar os sapatos.

— Por favor, não — peço.

— Não consigo... — Ele levanta de novo. — Não consigo lidar com... — ele aponta para a sala e a cozinha — ... tudo isso.

— Mas é Natal — digo.

— Vamos ser sinceros — continua, como se não tivesse me ouvido —, eu sou só a piada da família mesmo.

— Não é.

Na entrada, Charlie alcança o casaco e uma sacola de presentes para o Nick.

— Este inverno está sendo uma merda.

Ele pega uma chave reserva e abre a porta. Está chovendo. O frio entra.

Quero chorar. Quero fazer qualquer coisa para impedi-lo de sair.

— Pode passar pelo menos o Natal comigo? — digo.

Ele vira. Seus olhos estão molhados.

— Como assim?

— Você passa o tempo todo com o Nick.

— É porque ele não me trata apenas como um bosta de um doente mental! — grita ele.

Fico imóvel.

— Eu também não... — digo, mas minha voz falha.

— Desculpa — diz ele, mas já está saindo. — Nos vemos depois.

A porta se fecha, e não saio do lugar.

Baixo os olhos para minha saia cinza e desejo muito estar usando calça jeans. Não me sinto eu mesma. Me dou conta de que ainda estou usando minha coroa de Natal, então a tiro e a rasgo em vários pedaços.

Eu deveria ter previsto isso.

Ele está sendo injusto, mas não tenho o direito de ficar irritada com ele.

Volto para a cozinha. Minha mãe ainda está lavando a louça. Vou até ela, seu rosto parece feito de pedra. Gelo, talvez. Há uma pausa, então ela diz:

— Sabe, eu estou *sim* dando o meu melhor.

Eu sei que ela está, mas o melhor dela não é bom o suficiente, e a questão é que isso tudo não deveria ser sobre como *ela* se sente. Saio da cozinha e sento na escada.

Oliver passa correndo por mim com um de seus tratores novos.

Abro a porta para ver se Charlie não está apenas sentado no meio-fio na frente de casa. Mas não. O inverno costuma ser minha estação favorita, mas Charlie tem razão: este inverno está sendo uma merda. Sento na entrada, os pés para fora do batente da porta. Tem uns piscas-piscas na casa do vizinho da frente, mas, quanto mais olho para eles, mais fracos eles parecem ficar. Não parece Natal.

Acho que estou dando meu melhor também. Sento com ele em toda refeição. Pergunto como está todo dia e às vezes ele me fala. Comecei a ser amiga dele, além de irmã.

Não que isso importe. Eu não importo. *Ele* importa.

Um carro passa. Está ficando meio escuro agora. Escuro e frio e chuvoso. Penso em como isso é gostoso, e rio comigo mesma. Desde quando essas se tornaram minhas coisas favoritas?

Charlie

Nick Nelson

(00:01) *Feliz Natal! Beijoooooo*

Charlie Spring

(00:02) *feliz natal bjssssssssss te amo muitão*

Nick Nelson

(00:02) *Vai dormir seu tonto*

(00:03) *(Também te amo muitão 😊)*

Charlie Spring

(06:31) *oliver tá acordando a victoria com o cartão musical de natal que comprei pra ele kkkkkkkkkkkkkkkkkk*

(06:32) *não sei pq estou rindo, também tô acordado*

(06:32) *o jogo virou, não é mesmo?*

Nick Nelson

(10:40) *HAHAHA.*

(10:40) *Acho que nunca acordei tão tarde no Natal.*

*

Charlie Spring

(13:23) *QUANDO SEU CACHORRINHO NOVO CHEGA?*

Nick Nelson

(13:30) *MINHA AVÓ ACABOU DE TRAZER!!!!!!!!!!!!!!!!!*

(13:30) *É UM PUG*

Charlie Spring

(13:31) *SOCORRO*

Nick Nelson

(13:32) *MORRI*

(13:34)

Charlie Spring
(13:35) *injusto*

Nick Nelson
(13:36) *Mais um motivo pra vc passar aqui mais tarde...*

Charlie Spring
(13:37) *o pug agora é o único motivo*

Nick Nelson
(13:38) *Para de me mandar mensagem, seu besta. Vai socializar.*

Charlie Spring
(13:38) *:(*

Nick Nelson

(13:39) <3

Charlie Spring

(13:51) *um cachorro é pra vida*

(13:51) *não só pro natal*

Nick Nelson

(13:53) *Cachorro é vida*

Charlie Spring

(13:54) *a vida é loka*

Nick Nelson

(13:55) *Foi o que Henry, o Pug, disse*

Charlie Spring

(13:56) *ele se chama HENRY*

Nick Nelson

(13:57) *Sim!!!!*

Charlie Spring

(13:57) *isso é nome de trem, não de cachorro*

Nick Nelson

(13:58) *Você andou vendo Thomas e Seus Amigos com o Oliver de novo?*

Charlie Spring

(13:58) *talvez*

Nick Nelson

(13:59) *Nerd*

Charlie Spring

(13:59) *vc adora*

Nick Nelson

(14:00) *Sim seu interesse por trens me excita muito*

Charlie Spring

(14:01) *sorria você está sendo printado*

Nick Nelson

(14:02) *VAI SOCIALIZAR SEU NERD DE TRENS*

Charlie Spring

(15:14) *ei posso passar aí mais cedo do que falei que passaria?*

Nick Nelson

(15:17) *Sim, claro, que foi?? Tá tudo bem?*

Charlie Spring

(15:23) *minha família só tá me irritando um pouco*

(15:24) *sou o primo gay doente mental de estimação*

Nick Nelson

(15:25) *Ah Char :(não quer ficar um pouquinho com a Tori?*

Charlie Spring

(15:29) *ela não pode fazer muita coisa pra ajudar na real*

(15:34) *posso ir depois se estiver ocupado*

Nick Nelson

(15:35) *Está agitado mas nossa queria um descanso. Sério tá um caos da porra nessa casa!!*

(15:36) *Minha mãe já virou duas garrafas de Merlot e colocou o álbum de Natal do Michael Bublé pra tocar. Tem uns velhos dançando na sala.*

(15:36) *Fica à vontade pra vir quando quiser, preciso de um descanso dessa loucura. Beijo*

Charlie Spring

(15:37) *tá já saio bjssss*

Nick Nelson

(15:38) *Mas vc tá bem? <3*

> **Charlie Spring**
> (15:39) *tô sim <3*

Tenho total noção de que minha família estar irritada comigo é minha culpa, então acho que o melhor jeito de resolver isso é simplesmente ir embora. Normalmente sou a favor de "resolver as coisas" quando tenho um problema, mas acho que essa é uma daquelas coisas que não dá para resolver. Têm rolado muitas coisas assim nos últimos tempos.

Também sei que sou um hipócrita de merda. Reclamo o tempo todo sobre as pessoas terem pena de mim, mas também consigo ser o mais dramático possível, fugindo para a casa do namorado no Natal, tentando não começar a chorar e/ ou estragar o dia para todo mundo. Como as pessoas deveriam reagir quando ajo assim? Ótima maneira de fazer jus ao meu estereótipo de "pessoa louca".

Sei que Tori está tentando ao máximo ajudar. Me sinto meio mal por fugir dela assim. De todas as pessoas da minha família, ela deve ser a que mais ajuda de verdade, e, sério, sou grato por isso. Ela não me importuna nem tenta evitar o assunto, coisas em que meus pais são excelentes. Não me sinto um maníaco quando conversamos.

Tá. Desculpa. Meu terapeuta — Geoff — disse que eu não deveria me chamar de "maníaco". Nem de "pessoa louca". Porque não sou. Sei que não sou. Acho que às vezes dá uma sensação boa exagerar.

Estou *sim* melhor. Não estou mentindo sobre isso. Entendo que "passar algumas semanas em um hospital psiquiátrico" parece a coisa mais horrível do mundo para algumas pessoas. Acho que já ouvi histórias de terror sobre alguns lugares que tratam os pacientes muito mal. Mas, para mim, foi exatamente aquilo de que eu precisava. Consegui começar a fazer terapia direito. Conheci outras pessoas da minha idade que têm transtornos alimentares. Eu tinha uma equipe de pessoas dedicadas a me ajudar a dar os primeiros passos rumo à recuperação.

E isso me fez ver que meus *mecanismos* de enfrentamento — as restrições na alimentação, a automutilação e minhas outras compulsões — são apenas isso: mecanismos de enfrentamento. A questão não é só me impedir de fazer essas coisas, é descobrir *por que* sinto esses impulsos. Qual a base emocional por trás deles.

Vão ter dias bons e dias ruins, mas eu *posso, sim*, ficar melhor.

Nossa. Agora pareço o Geoff falando.

E acho que hoje está sendo um dos dias ruins.

*

Nick mora em uma casa grande a algumas ruas de distância. Ele me falou que a família dele sempre dá festas gigantescas de Natal para umas cem pessoas, e não era brincadeira. A porta da frente está aberta, vozes ecoam de todas as janelas, há luzes piscando na sala, e consigo sentir a vibração da música nos pés. É um milagre não terem sido denunciados pelos vizinhos.

Como esse é nosso primeiro Natal desde que começamos a namorar, fiquei de dar uma passada por uma hora no fim do dia quando a maioria dos parentes dele já estivesse com bastante vinho na cabeça, mas agora estou aqui às quatro da tarde.

> **Charlie Spring**
> (16:02) *tô aqui fora!* 🙈

Fico parado e espero na porta. Simplesmente entrar na casa seria um pouco constrangedor, e duvido que alguém ouviria a campainha se eu tentasse tocar. Por sorte, Nick aparece rápido.

Ele olha para mim por alguns segundos e cruza os braços.

— Você não trouxe um guarda-chuva?

Olho para o céu. Nem tinha notado que estava chovendo, mas, quando dou uma conferida nas minhas roupas, percebo que estão completamente encharcadas.

— Ah — digo, e volto a olhar para ele.

— Ei — diz ele, com um sorrisão.

Desde que eu e Nick começamos a ficar em abril, muita merda aconteceu. Mas, apesar de tudo — a voz do transtorno alimentar ficando mais alta no verão, o relapso de automutilação no outono —, Nick ficou do meu lado e tentou me apoiar de todas as maneiras possíveis.

No começo, fiquei com medo de contar para ele sobre todos os meus problemas de saúde mental. Achei que ele poderia não querer mais namorar comigo se soubesse. Mas, na verdade, me abrir sobre essas coisas nos fortaleceu como casal.

Conheço muitas pessoas que acham que relacionamentos adolescentes não duram ou que não são tão "profundos" quanto relacionamentos adultos, mas eu e Nick? Acho que temos algo diferente.

Algo incrível.

— Oi — digo e entro.

Ele fecha a porta e vira para mim, agora sério. Ele tira meu cabelo encharcado da frente dos olhos.

— Você está péssimo, Charles.

Apoio a testa no seu ombro.

— Pois é.

Ele me abraça no mesmo instante, e retribuo o gesto. Nick encosta a cabeça na minha, seu cabelo roçando na minha orelha, e me puxa para mais perto.

Ficamos assim na entrada fria por mais alguns minutos, sem dizer nada, sem sair do lugar, e aí ele sussurra:

— Você tá bem?

E começo a chorar, porque é isso que sempre acontece quando as pessoas me fazem essa pergunta. Não quero que ele me veja chorando, porque isso já aconteceu demais nos últimos tempos e é Natal, então me esforço ao máximo para não sair do seu ombro, mas isso não impede que ele veja. Quando ele se afasta, as lágrimas estão escorrendo pelo meu rosto.

— Desculpa, é só que... briguei com a minha mãe — digo, tentando parecer bem, mas obviamente sem conseguir.

Nick olha para mim por um instante, preocupado. Depois, tira um lenço do bolso de trás da calça. O fato de Nick ter um lenço é tão ridículo que me faz soltar uma gargalhada na hora, o que o faz sorrir também e erguer as sobrancelhas, e paro de chorar enquanto ele seca minhas bochechas metodicamente.

— Por que você tem um lenço? — pergunto.

O sorriso de Nick aumenta, ainda passando o negócio no meu rosto com delicadeza.

— Ter lenço está na moda agora.

— Ah. Não ando acompanhando as tendências atuais.

Nick ri. É um som muito gostoso contra o som da chuva e o baixo suave da música que está tocando na sala.

— Tá, *talvez* tenha sido um presente de Natal que coloquei no bolso só pra mostrar pra minha vó que usaria. — Ele coloca o lenço de volta no bolso e depois pega meu rosto com as duas mãos. — E não é que acabei usando?

Sorrio para ele, suas mãos quentinhas na minha pele.

— Vai ver sua vó me conhece melhor do que você.

— Está sugerindo que quer namorar com a minha vó?

— Tenho vários motivos para não querer isso.

— Que bom. — Ele me abraça pela cintura. — Por um minuto pensei que eu tinha concorrência.

— Você não tem concorrência nenhuma — digo, subindo as mãos para os ombros dele, querendo ficar para sempre com ele na entrada da casa, morar aqui no frio, com a chuva caindo perto da gente, fazer uma cama de casacos e uma fogueira com o cabideiro.

— Você e sua lábia — diz ele, aproximando-se com um sorriso, e respondo com um beijo que se torna mais longo do que nós dois planejávamos, mas tudo de repente fica gostoso demais para parar.

Passo uma das mãos no cabelo dele e Nick puxa minha cintura para perto e nossos lábios se roçam enquanto ele muda de posição e, por um breve momento, sinto que realmente é Natal.

— Imagino que esse seja seu namorado, então?

Eu e Nick nos separamos de supetão e, ao me virar, noto que atraímos uma plateia de pelo menos sete parentes de idades variadas.

— Vai nos apresentar, cara? — continua o homem que acabou de falar, talvez um tio ou primo mais velho.

— Ah, sim — responde Nick, ainda zonzo. Ele vai para trás de mim e me empurra na direção da família dele, que parece se multiplicar conforme mais pessoas passam pelo corredor e veem que cheguei. — Então, esse é o Charlie.

*

Nick passa uma boa meia hora me apresentando a cada um dos membros da família, e, por algum motivo, todos querem me conhecer. Tem um monte de "Ah, então esse é o Charlie?", e ninguém faz nenhuma pergunta constrangedora sobre hospital ou o que achei do jantar de Natal nem nada do tipo. Durante quase todo o tempo, carrego o novo cachorrinho da família Nelson, Henry, que é o filhote de pug mais micro e pálido que já vi na vida. Henry pega no sono nos meus braços, e me apaixono por ele na hora.

A cachorra mais velha do Nick, uma border collie chamada Nellie, segue atrás de nós, às vezes cutucando minha perna com o nariz. Queria que meus pais me deixassem ter animais de estimação.

A mãe do Nick ainda está usando a coroa de Natal e, embora eu a tenha visto diversas vezes desde que voltei para casa, ela me dá um abraço que dura pelo menos dez segundos a mais do que é socialmente aceitável. Mas não me incomodo, na verdade.

Depois disso, Nick me leva para o quarto dele no andar de cima para eu poder trocar de roupa, apesar dos meus protestos de que não me importo com a calça jeans encharcada.

Enquanto me troco, Nick fica deitado em sua cama de casal. Ele está usando o jeans velho de sempre, mas também um suéter vermelho vivo com estampa de rena. É horrível e completamente hilário.

— Gostei do suéter — digo, prendendo o cinto. — Muito sexy.

Nick olha para baixo, como se tivesse se esquecido do que estava usando.

— Ah, sim. É mesmo, né. — Ele olha para mim e mexe as sobrancelhas. — Muito sedutor.

Pego minha calça jeans molhada do chão, jogo

na cara dele e rio enquanto ele cai da cama dramaticamente na tentativa de pegá-la.

— Gostei da *sua* blusa — diz ele, depois de voltar para a cama, um sorrisinho se abrindo nos lábios. — Quem escolheu tem bom gosto.

Fico confuso por um momento e, então, me dou conta de que estou com o moletom azul-marinho da Adidas do Nick. Peguei "emprestado" alguns meses atrás e depois "esqueci" de devolver.

Olha, moletons de namorado são os melhores, tá? Grandes, confortáveis e têm um cheiro bom.

— Ah. Ops — digo.

Me olho no espelho. A calça jeans do Nick, basicamente igual à minha, mas vários números maior, fica ridícula em mim. Resmungo alto.

— Pareço um integrante de *boy band* dos anos 1990.

Nick aparece atrás de mim. Ele não é muito mais alto do que eu, na verdade, é só mais *largo*. O que é ótimo, tipo, de uma perspectiva estética. Mas não para usar as roupas um do outro.

— Bom, é isso ou uma calça de moletom, e juro que minha mãe vai falar um monte se você aparecer na festa de Natal todo de moletom.

— Acho que calça de moletom me deixaria parecendo ainda mais um integrante dos Backstreet Boys.

— Não tem nada de errado com os Backstreet Boys.

Nick me encara pelo espelho. Ficamos em silêncio por um momento, até que ele pega minha mão. Me viro para olhar para ele.

— Você está bem? — pergunta. — Quer conversar?

Sei que provavelmente deveria. Deveria explicar sobre a discussão com minha mãe e todas as discussões que tivemos nas últimas semanas. Deveria explicar como é difícil ficar tentando melhorar quando tantas pessoas simplesmente se recusam a entender como é difícil. Deveria explicar que mal dormi ontem à noite de tão ansioso que estava com o jantar e, embora eu realmente tenha ido bem, ainda senti como se todo mundo estivesse me vigiando, esperando que eu fizesse merda e estragasse o dia.

Mas é muito mais fácil não pensar nisso.

— Eu só... queria ter um dia bom — digo, e sinto as lágrimas brotando de novo.

— Tudo bem. — Nick coloca um dos braços nos meus ombros e me leva para fora do quarto, depois beija minha cabeça. — Vamos fazer isso, então.

★

— Ah, tudo bem, Charlie?

Meia hora depois, Nick foi ao banheiro e de repente fico cara a cara com David — o irmão quatro anos mais velho de Nick — quando estou bebendo um copo d'água na cozinha.

David não se parece muito com Nick em nenhum aspecto exceto pelo cabelo loiro-escuro. David é bem mais baixo — mais baixo do que eu, até — e cheio de si. Ele estuda em uma universidade chique e anda com um monte de caras de escolas particulares que fazem remo e usam jaquetas acolchoadas. Ele é conhecido por se gabar de trair as namoradas.

Nick e David não gostam muito um do outro, e acho que David também não gosta muito de mim. Quando Nick se assumiu bissexual, David riu e disse que ele só estava disfarçando que era gay.

— E aí — cumprimento.

Ele pega uma garrafa de cerveja da geladeira. Obviamente não é a primeira.

— Então você está curado e tal? — diz ele.

— Er... — Essa talvez seja a pergunta mais ridícula que ouvi o dia todo. — Bom, não é bem assim que funciona, mas estou melhor, obrigado.

— Ah, da hora.

Ele dá um gole na cerveja e me encara como se eu fosse um animal no zoológico.

— Tudo bem com você? — pergunto, só porque não tenho mais o que dizer.

— Ah, tudo ótimo, obrigado. Trabalhos da faculdade, remo, sabe como é. Tem que ralar muito e treinar muito, parça.

— Legal.

— Então, o que está pegando com você agora? Já te permitiram voltar pra escola?

Permitiram. Tudo nele me irrita.

— Vou voltar no próximo semestre — digo.

— Ah, legal, legal. — Ele dá outro gole. — Então, tipo, quero muito saber: como é um hospício? Você conheceu alguém *muito* louco?

Fico parado, em silêncio.

— Porque, tipo — continua ele —, estava assistindo um documentário sobre esquizofrenia dia desses e é literalmente um puta *horror*, né? Aquilo de ficar falando sozinho e tal. E essas pessoas precisam ser presas para não se machucarem, sabe?

Aperto o copo com mais força. Eu poderia simplesmente sair.

— Bom, não tenho esquizofrenia. E documentários como esse são feitos para aterrorizar as pessoas e falar de uma forma sensacionalista sobre transtornos mentais, ainda mais transtornos menos "socialmente aceitáveis" como esquizofrenia.

David pestaneja.

— Ah, sim, cara, óbvio. Mas você deve ter conhecido gente assim naquele lugar, né?

— Na verdade, o lugar onde fiquei era mais pra pessoas com transtornos alimentares, então...

— Que *loucura* do caralho, né. Triste pra cacete.

— ... É.

— Deve ter sido foda não querer comer nada também, cara. Parece uma merda.

Não falo nada.

— Tipo, você já ficou com tanta fome que simplesmente *teve* que comer alguma coisa? É isso que não entendo, tipo, as pessoas que param de comer e *morrem*, sabe?

E então Nick entra na cozinha.

Pela cara dele, é óbvio que ele ouviu o último comentário do David, e o olhar de extrema angústia que lanço para ele também não ajuda.

— Já acabou de interrogar meu namorado, David? — pergunta, não muito educadamente.

David franze a testa e ergue as mãos.

— Cara, a gente só estava conversando!

— Acha mesmo que o Charlie quer ouvir suas merdas de opiniões ignorantes no *Natal*? — Nick estoura, e faz tempo que não o vejo tão irritado. — Que porra é essa?

David ri e toma um gole de cerveja.

— Calma, não precisa ficar nervosinho.

— Puta merda. — Nick me abraça e me leva para o corredor. Quando já estamos longe da cozinha, diz: — Ele é um insensível do cacete.

— Está tudo bem.

— *Não está*.

Nick está certo. Não está tudo bem. Eu deveria ter me defendido melhor.

Mas estou cansado. Estou cansado de me defender.

— Desculpa — murmuro. — Eu deveria ter... retrucado.

Nick balança a cabeça.

— Não, é ele que tem que pedir desculpas. Você não deveria ter que falar sobre isso com as pessoas.

Nick me guia até um cantinho perto da garagem. Ele tira o braço, mas suas mãos apertam as minhas.

Falei muito com Geoff sobre pessoas como David. Pessoas que não ajudam.

Quando as pessoas sabem que você tem um transtorno mental, a maioria ou quer ignorar completamente, ou te trata como se você fosse estranho, assustador ou fascinante. Pouquíssimas são boas em encontrar o meio-termo.

O meio-termo não é difícil. É só *estar lá*. Ajudar, se for necessário. Ser compreensivo, mesmo se não compreender tudo.

— Obrigado — digo e dou um beijo leve em Nick.

Nick é bom em encontrar o meio-termo. Meus pais não muito, mas sei que eles estão se esforçando e às vezes conseguem. E são melhores nisso do que o David, sem dúvida.

Tori também é boa no meio-termo. Talvez eu tenha sido um pouco duro com ela hoje.

Eu e Nick nos olhamos por um instante no cantinho mal-iluminado.

— Hoje o dia foi uma bosta — digo depois de um tempo, soltando uma risadinha.

Nick dá um sorriso triste.

— É, tive essa impressão. — Ele aperta minhas mãos. — Quer conversar?

Paro para pensar.

— Talvez depois?

Ele me aperta de novo.

— Sim. Claro.

— Podemos abraçar o Henry? Acho que estou perdendo um tempo valioso com ele.

Nick sorri.

— Uma excelente ideia.

★

Quando Nick disse que sua casa estava um caos, ele estava falando sério. Depois de brincarmos um pouco com Henry e Nellie, encontramos uma verdadeira discoteca rolando na sala e um jogo de carrinhos de brinquedo bastante inflamado no corredor, com os sapatos das pessoas como obstáculos. Derroto Nick cinco vezes nisso, depois acabamos arrastados para uma partida de Banco Imobiliário, que é rapidamente arruinada quando Henry passa por cima do tabuleiro, seguida por um torneio de Mario Kart com os primos mais velhos de Nick, e eu também ganho. Aparentemente, sou bom em jogos de corrida.

Depois voltamos à sala de Nick para trocar presentes. Comprei um monte de coisas de que ele gosta — um caderno de papel quadriculado e uma caneta-tinteiro, uma objetiva olho de peixe que encaixa no celular e uma barra gigante de chocolate com Oreo. Nick me comprou um fone de ouvido chique — muito mais chique do que o meu atual, que está quebrado em um ouvido. E também fizemos cartões ridiculamente românticos um para o outro — o dele tem várias fotos nossas, e eu fiz vários desenhos no meu.

Dou um beijo nele depois de ler seu cartão, e ele retribui o beijo e basicamente ficamos nos pegando por, tipo, meia hora.

E, de repente, são sete da noite e estamos sentados no sofá da sala, com *Doctor Who* passando, minhas pernas sobre as dele e sua cabeça no meu ombro. Tem algumas crianças no carpete construindo um navio pirata de Lego e a mãe de Nick e vários tios e tias estão ocupados organizando o chá na mesa de jantar.

Estou prestes a pegar no sono quando escuto a voz de Nick.

— Char, só pra você saber, tem uns cinco minutos que seu celular está fazendo barulho.

— Ah.

Me ajeito um pouco e Nick também, com um sorriso sonolento no rosto. Tiro o celular do bolso e vejo que minha tela está lotada de mensagens não lidas.

Todas são da Tori. Nick se aproxima para ler também.

Victoria Spring

(17:14) *Ei quando vc volta pra casa?*

(17:32) *Por favor me responde*

(17:40) *Pelo menos me fala quando vc vai voltar*

(17:45) *A mamãe e o papai estão meio tristes, acho que eles não vão brigar com vc*

(18:03) *Acho que a mamãe tá arrependida na real*

(18:17) *Oliver quer saber que horas vc volta, ele quer jogar Mario Kart*

(18:31) *Não acredito que vc me largou sozinha com a Clara, seu cuzão*

(18:54) *Se vc não me responder logo vou literalmente até a casa do Nick te buscar*

(18:59) *Sem brincadeira*

(19:00) *Charlie*

(19:01) *Charlie*

(19:01) *Charlie*

(19:01) *Sério*

(19:02) *Ok estou indo pro Nick*

Nick não fala nada, mas percebo que quer falar. Imediatamente me sinto péssimo.

Tive um dia ruim, claro. Mas não devia ter descontado na Tori.

Eu devia ter ficado com ela pelo menos mais um pouco.

— Acho melhor eu ir pra casa — digo.

Nick passa os dedos no meu cabelo. Tenho quase certeza de que ele não quer que eu vá, mas mesmo assim diz:

— Tá.

Nenhum de nós faz nem menção de sair do lugar.

Ele me encara com seus grandes olhos castanhos, e não precisa dizer nada. Sei que quer que eu me abra para ele. Que eu desabafe.

— Hoje o dia foi muito difícil — começo, e Nick pega minha mão enquanto conto tudo para ele.

Conto sobre as brigas. Sobre o estresse e a insônia e todos os meus parentes irritantes. Sobre como eu só queria ter um Natal "normal", seja lá o que isso for.

Sei que Nick não pode resolver nada. Mesmo se pudesse, ele não deveria ter que resolver. Mas falar sobre tudo já alivia um pouco a tensão no meu peito.

— Acho que... parte de mim queria fingir que esse Natal poderia ser igual ao do ano passado — digo. Não consigo olhar nos olhos dele. — Se eu só fingisse que nada estava diferente. Mas todo mundo só ficou fazendo de tudo pra eu me sentir um fardo.

— Todo mundo? — pergunta Nick.

— Talvez tirando a Tori. Ela é a única que é legal. Tipo, ela ajuda, mas também fala comigo normal. — Solto uma risada. — Quer dizer, o Oliver também, acho.

Nick me abraça de lado. Me aconchego em seu ombro.

— Parece que sua mãe e seu pai meio que também queriam fingir que era um Natal "normal" — diz ele.

Concordo com a cabeça.

— Pois é. Exatamente.

— Você conversou com eles sobre isso?

— Sobre o quê?

— Tipo... Você explicou que esse Natal seria diferente e que talvez você precisasse de mais apoio?

Penso a respeito. Eu e meu pai concordamos em um plano de refeições para o dia, mas, fora isso...

— Não muito — murmuro.

— Acho que, às vezes — diz Nick —, você tem tanto medo de ser um fardo que isso te deixa apavorado com a ideia de pedir ajuda. Mas você tem muita gente ao seu redor para te escutar, se você se abrir sobre o tipo de ajuda que precisa.

Olho para ele. Eu amo esse garoto. Nossa, como eu amo meu namorado.

— Você parece o Geoff falando — digo, sorrindo, e ele ri e me dá um empurrãozinho.

E então me dou conta de que minha irmã está parada no batente da sala.

Tori obviamente também esqueceu de trazer um guarda-chuva — parece que ela acabou de pular num

rio. Ela também está sem fôlego, o que significa que deve ter vindo correndo, e parece brava daquele jeito completamente silencioso dela — olhar mortal, lábios apertados, punhos enfiados nos bolsos do casaco.

— Em primeiro lugar — diz ela —, Nick, eu me recuso a acreditar que você tem tantos parentes. Não faz sentido. Em segundo, seu irmão nojento tentou flertar comigo de novo, e juro por Deus que se ele não entender o recado logo vou encontrar uma porra de um poço para jogar esse moleque dentro.

Todas as crianças que estão construindo o navio pirata de Lego se viram em choque. Tori olha para elas e ergue as sobrancelhas com um ar ameaçador. Elas rapidamente voltam para o brinquedo.

Nick dá uma risada calorosa, mas o rosto de Tori não muda. Ela olha para mim.

— Terceiro, acho que você deveria ir para casa agora, porque se eu tiver que responder mais alguma maldita pergunta sobre minhas notas, posso fugir de casa também, e o papai já está bem chateado com a situação. — Ela muda o peso para a outra perna. — Além disso, Oliver está de mau humor porque ninguém quer jogar Mario Kart com ele, e a vovó quer falar com você sobre suas aulas de bateria, e acho que a mamãe pode até estar disposta a pedir desculpas, por mais estranho que pareça.

Ela se afunda na ponta oposta do sofá, sem olhar para nós, e apoia a cabeça nas almofadas.

Não faço ideia do que dizer.

Me afasto de Nick e sento perto dela. Eu a abraço e, depois de alguns segundos, ela se apoia no meu ombro.

— Odeio o Natal — diz ela.

— Não, não odeia — replico.

— Odeio este Natal.

— Todo mundo odeia este Natal. Este inverno todo foi uma bosta.

— Pois é.

Doctor Who continua passando no fundo. Oliver deve estar assistindo agora.

— Desculpa por ter ido embora — digo. — Obrigado por vir me buscar.

Ela olha para mim.

— Sinto muito que seu dia foi uma bosta.

— Não foi tão ruim assim. Nick ganhou um cachorrinho novo.

Tori bufa.

— Não dá pra vocês dois se casarem, comprarem uma casa e pegarem três cachorros logo de uma vez?

Eu e Nick rimos e, então, nós três ficamos sentados em silêncio por um tempo. Apoio a cabeça no cabelo de Tori.

— Vou me esforçar mais pra dizer quando preciso de ajuda — digo. — E explicar como preciso de ajuda.

— Foi o que o Geoff falou pra você fazer?

— Sim, mas daí o Nick falou também, e acho que os dois têm razão.

— Que bom — diz Tori, a voz um pouco mais suave. — Acho que... seria bom.

Não vai resolver nada. Sei disso.

Mas talvez todo esse lance de "recuperação" possa ser um pouco mais fácil se eu pedir ajuda às pessoas de vez em quando.

— Você perdeu a briga anual entre o vovô e o *abuelo* — conta Tori, depois de um tempo.

— Sobre o que foi esse ano?

— Acho que foi sobre móveis antigos, mas a maioria dos argumentos do *abuelo* foram em espanhol, e esse não é meu departamento. Eu precisava de você para comentar.

— Pode ter uma nova rodada depois, que nem no ano passado.

— Tomara. Pelo menos impediu a Clara de tentar me fazer descrever meu homem ideal.

Rio, e então ela ri também, e tudo fica um pouco melhor. Por um minuto, mais ou menos.

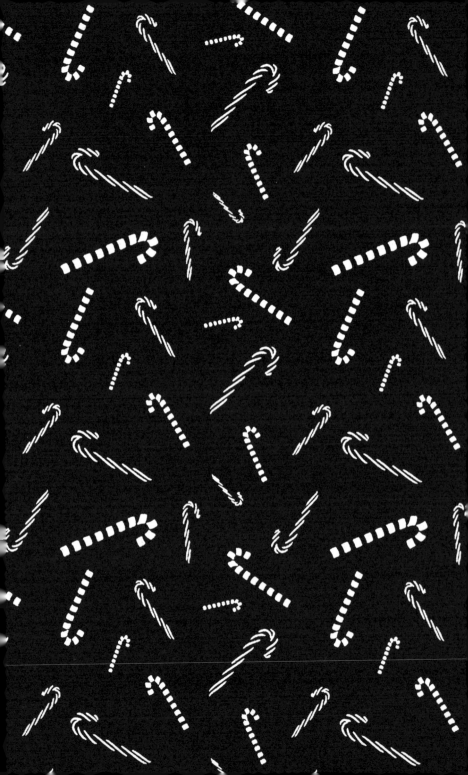

Oliver

Primeiro Charlie desapareceu e, depois, Tori desapareceu, e estou começando a achar que posso ser o próximo. Parece que ninguém quer falar nada sobre isso, o que me faz pensar que minha família está por trás desses sumiços e que todos foram possuídos por fantasmas ou dinossauros do mal ou coisa assim. Estou jogando Mario Kart para distrair a cabeça, mas isso não quer dizer que não estou preocupado.

Mario Kart é meio chato quando a gente joga sozinho.

Rosanna não para de mexer no meu cabelo e isso está me irritando muito.

Mamãe chega perto assim que termino o Luigi Circuit e pergunta se quero beber mais alguma coisa. Faço que não e pergunto:

— Cadê o Charlie e a Tori?

Mamãe senta no sofá à minha direita. Ela está com uma taça de vinho na mão.

— Eles deram uma saidinha.

— Eles foram sequestrados?

— Ah, não, querido, não.

— Aonde eles foram?

Mamãe não fala nada por um tempo. Vai ver ela não sabe...

— Charlie estava um pouco chateado, daí ele foi pra casa do Nick.

Nick é o namorado do Charlie, que sempre vem aqui em casa. Acho que um dia eles vão se casar, para terem uma casa dos dois e não precisarem andar para a casa um do outro o tempo todo.

Solto o controle. Charlie anda muito chateado nos últimos tempos porque ele tem uma doença mental. Mas minha mãe diz que ele está ficando melhor porque tem que falar sobre os sentimentos com um médico especial chamado Geoff. Geoff parece legal.

— É por causa da doença mental dele?

— ... É, sim.

— Ah. Ele vai ficar melhor logo?

Minha mãe dá um gole no vinho.

— É complicado, amor. Leva tempo. Mas espero que sim.

— Cadê a Tori?

— Acho que ela foi ver se o Charlie já quer voltar pra casa.

— Ah.

— Falei algumas coisas... não muito legais — diz minha mãe, e apoia o queixo em uma das mãos — para o Charlie.

Percebo de repente que ela parece muito triste. Minha mãe nunca fica triste sobre as coisas — ela fica brava às vezes e reclama quando deixo todos os meus tratores no batente da janela da sala ou faço muito barulho no carro, mas não fica triste.

Levanto do chão e dou um abraço nela, que é o que você precisa fazer quando alguém está triste.

Ela ri e me dá um tapinha na cabeça.

— Ah, Oliver. Estou bem.

— Você pode só pedir desculpa — digo. — É o que precisa fazer quando diz alguma coisa ruim. Pedir desculpa.

— Você tem toda a razão — responde ela e, quando dou um passo para trás, ela está sorrindo, o que deve significar que fiz um bom trabalho com o abraço.

E então a porta da nossa casa abre.

Saio correndo da sala na mesma hora e atravesso o corredor e, lá, tirando os sapatos, estão meu irmão e minha irmã mais velhos, encharcados pela chuva. Corro na direção de Charlie porque ele é o único na família que ainda me pega no colo, e, quando ele me vê, sorri e estende os braços e me ergue e diz:

— Caramba, você está ficando pesado! Parece um elefante, isso sim.

— Não estou, *não*.

Tori bagunça meu cabelo, o que não é tão irritante como quando Rosanna faz isso.

— Com que idade você vai parar de ser carregado pra todo lado?

Paro um momento para pensar.

— Vinte e sete.

Os dois riem e Charlie me carrega para a sala, com Tori atrás de nós. Quando chegamos lá, Charlie me põe no chão e, então, dá um abraço na mamãe, o que é legal, porque abraços sempre melhoram tudo.

Aí eles entram na cozinha. Consigo ouvir os dois conversando, mas não sei direito o que estão dizendo. Tomara que a mamãe esteja pedindo desculpa, como falei para ela fazer.

Tori senta no outro sofá, e vou para perto dela e digo:

— Tudo fica melhor quando nós três estamos juntos.

Ela olha para mim.

— Com certeza.

— Por que vocês foram embora? Foi um *saco*. Esse Natal foi um saco.

Ela olha mais um pouco para mim.

— Bom... esse é um jeito de definir.

Não sei bem o que ela quer dizer.

— Mas juro que nunca mais vamos embora — diz ela.

— Você não pode prometer isso — digo. — Vocês têm que ir pra escola.

— Tá, na próxima vez que formos a algum lugar, vamos te contar antes.

— Tá. *E* vocês têm que prometer que vão voltar.

Tori sorri.

— Tudo bem. Com certeza vamos prometer voltar.

— Que bom.

Ficar sozinho sem um irmão ou irmã seria estranho. Acho que eu não ia gostar. Quem você chamaria para brincar ou para pegar coisas no alto? Não teria ninguém para me carregar de um lado para o outro. E teria dois quartos vazios na casa e provavelmente teria fantasmas morando lá. Não gosto nem um pouco de fantasmas.

— Podemos jogar Mario Kart agora? — pergunto.

— Sim. — Tori bagunça meu cabelo de novo. — Sim, podemos jogar Mario Kart agora.

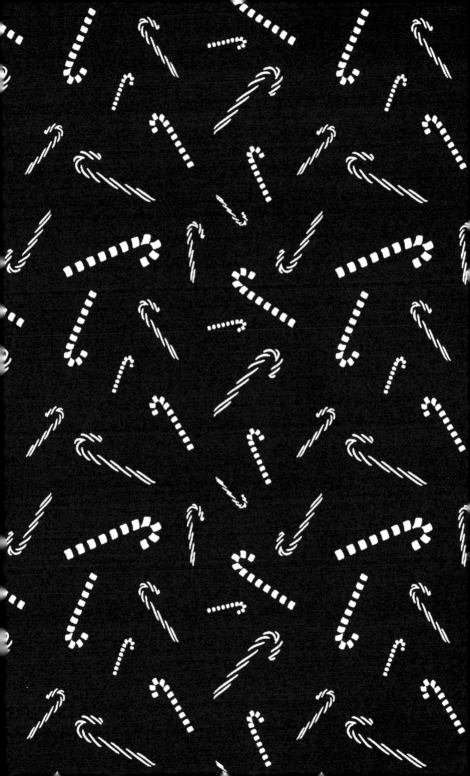

Informações sobre saúde mental

Para informações, ajuda, apoio e orientação sobre saúde mental, dê uma olhada nas seguintes fontes:

Pode Falar
<podefalar.org.br>

Acolhe LGBT+
<acolhelgbt.org>

Grupo Especializado em Nutrição e Transtornos Alimentares (Genta)
<genta.com.br>

Grupo de Apoio e Tratamento dos Distúrbios Alimentares e da Ansiedade (Gatda)
<gatda.com.br>

Associação Brasileira de Transtornos Alimentares (Astral)
<astralbr.org>

Sobre Alice Oseman

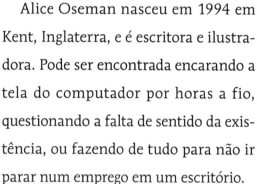

Alice Oseman nasceu em 1994 em Kent, Inglaterra, e é escritora e ilustradora. Pode ser encontrada encarando a tela do computador por horas a fio, questionando a falta de sentido da existência, ou fazendo de tudo para não ir parar num emprego em um escritório.

Além de escrever e ilustrar Heartstopper, Alice é autora de romances para o público jovem.

Para conhecer seu trabalho, acesse:
aliceoseman.com
 @aliceoseman

A marca FSC® é a garantia de que a madeira utilizada na fabricação do papel deste livro provém de florestas que foram gerenciadas de maneira ambientalmente correta, socialmente justa e economicamente viável, além de outras fontes de origem controlada.

Esta obra foi composta em ITC Mendoza e impressa pela Gráfica Santa Marta em ofsete sobre papel Alta Alvura da Suzano S.A. para a Editora Schwarcz em julho de 2023